Girassol Voltado para a Terra

Renato Tardivo

Girassol Voltado para a Terra

Ilustrações
Anna Anjos

Copyright © 2015 Renato Tardivo
Direitos reservados e protegidos pela Lei 9.610 de 19 de fevereiro de 1998.
É proibida a reprodução total ou parcial sem autorização,
por escrito, da editora.

Dados Internacionais de Catalogação na Publicação (CIP)
(Câmara Brasileira do Livro, SP, Brasil)

Tardivo, Renato
 Girassol Voltado para a Terra / Renato Tardivo;
ilustrações Anna Anjos. – Cotia, SP: Ateliê
Editorial, 2015.

ISBN 978-85-7480-723-2

1. Literatura brasileira I. Anjos, Anna.
II. Título.

15-07775   CDD-869

Índices para catálogo sistemático:

1. Literatura brasileira   869

Direitos reservados à
ATELIÊ EDITORIAL
Estrada da Aldeia de Carapicuíba, 897
06709-300 – Cotia – SP
Telefax: (11) 4612-9666
www.atelie.com.br
contato@atelie.com.br

Printed in Brazil 2015
Foi feito depósito legal

*Toda tentativa de elucidação traz-nos
de volta aos dilemas.*

MAURICE MERLEAU-PONTY

Para B.,
as duas.

Sumário

Apresentação – Nelson de Oliveira............... 13

GIRASSOL

Volta 17
Borboleta 19
Metamorfose 20
Espaço Invisível. 21
Canção. 23
Dança 24
Espera 25
Maria. 26
Madalenas. 27
Jantar Impossível. 28
Negativo 29
Diálogo 30
Sobressalto 31
Perdão 32
Rastros. 33
Ponto Final. 35
Links do Passado. 36

VOLTADO PARA

    Cara e Coroa 39
    Fábula da Fome e da Angústia 40
    Balança 41
    Liberdade Situada 42
    Ato Falho Contemporâneo 43
    Conselho 44
    Sinédoque 45
    Coração 47
    Imprevisto 48
    Ciclo 49
    Fidelidade 50
    Recalque 51
    Contra-Arma 52
    Psicoliteratura 53
    Brasa 54
    Recepção 55
    Foto 56
    Futuro do Pretérito 57
    Fluxo 58
    Fronteira 59

A TERRA

    Lavoura 63
    Monólogo 64
    Desejo 65
    Pacto 66

Saudade ... 67
Vazio ... 69
Prole ... 70
Carnaval ... 71
Diagnóstico ... 72
Masoquista ... 73
Namoro ... 74
Casamento ... 75
Lápide ... 76
Jogo da Velha ... 77
Suicida Arrependido ... 78
Forro do Céu ... 79
Bilhete ... 81
Édipo ... 82
Outro Momento ... 83
Instante Invisível ... 84
Noves Fora Zero ... 85
Prece ... 86
Avesso ... 87
Juca ... 88
Desconcerto de Mundo Pós-Drummondiano ... 89
Voyeur ... 90
Ejaculação Precoce ... 91
T.O.C. ... 92
Resignação ... 93
Antevisão ... 94
Renascido ... 95

Ponteiro 98
Matizes 99
Ida 100

Sobre o Autor 101

Sobre a Ilustradora 102

Apresentação

A criança no adulto, a virtude no vício, a mentira na verdade, a língua na linguagem, o prazer na dor, e vice-versa. Confrontos na fronteira do existir.

As ficções breves de Renato Tardivo provam que as pessoas não são apenas olhos claros ou escuros, cabelo assim ou assado, o jeito de falar e andar. Não são apenas corpo e atitude congelados no presente. Pessoas são segredos quase imperceptíveis. São História, com inicial maiúscula.

Cada microconto, cada miniconto deste *Girassol Voltado para a Terra* esconde um mistério que justifica uma vida inteira. O texto curto é só uma brecha, uma passagem para o abismo não revelado. Intencionalmente oculto. A brecha convoca a fantasia do leitor.

Joyce falava em epifania; Bandeira, em alumbramento. Os relâmpagos do Renato também oferecem essa experiência subjetiva, quase mística, que Benjamin chamava de *iluminação profana*.

Essas etiquetas solenes, até sublimes, muito repetidas na teoria literária, ganham certa leveza nesta coletânea. Se aqui existem brechas mais sombrias ou nostálgicas, há também as mais sacanas e bem-humoradas. São a maioria.

Incorporando as manchas e as torções do mineral, do vegetal e do animal, as imagens de Anna Anjos dialogam bem com as diferentes manchas e torções do verbo.

Na virada do século, a ficção breve (micro e mini) conquistou o respeito e o prestígio que merecia. Tempos atrás, estrangeiros importantes – Kafka, Brecht, Cortázar e outros – fizeram maravilhas nesse território mínimo. Mas foi Dalton Trevisan quem legitimou o gênero, no Brasil.

Quando surgiram a web e o Twitter, a concisão narrativa se espalhou e multiplicou em concursos e antologias brasucas. Autores talentosos promoveram a expansão: Marcelino Freire, João Gilberto Noll e outros.

Renato Tardivo pertence a essa família que encontrou no mínimo o máximo. Em suas ficções breves, uma cena curta – um trocadilho, um diálogo, um lampejo – encobre outras. Poucos sintagmas indicam que há camadas camufladas. Há uma História.

O nome desse jogo é *interação*. Caberá ao leitor imaginar as camadas secretas a partir da brecha oferecida pelo autor.

Nelson de Oliveira

GIRASSOL

Volta

Há dias que, de tão reais, dão a volta toda. Viram ficção.

Borboleta

O passado desfilava no pincel que a tingia de vermelho. Seu corpo formigava, estalando. A menina voou.

Metamorfose

Ela arrancou o texto à unha, enrodilhou-se em suas frases. Envergonhadas, letras escorriam – como lágrimas – das pernas.

Espaço Invisível

O pai encontra uma fresta de tempo. São cinco da tarde e lá está ele, um estranho, um intruso no ambiente em que o filho passa a maior parte dos seus dias. O menino o vê e enche-se de contentamento. O motivo da invasão, a sua e a dos outros pais – na maioria mães –, é o chá preparado com ervas cultivadas pelas próprias crianças. Há biscoitos para acompanhar, mas o pai restringe-se ao chá; o "chá da tarde", o "chá das 5" – expressões fora de moda, mas hoje tudo combina naquela sala de aula cuidadosamente preparada com pequenas cadeiras, bancos, brinquedos, crianças e nós. "É seu pai?", pergunta o amigo desconfiado; "É meu pai", responde o filho orgulhoso. O pai observa as pessoas. De modo geral, é avesso a esse tipo de evento; as pessoas são medíocres, conclui, não sem uma ponta velada de arrogância, e a despeito da autocrítica teme que na maior parte das vezes esteja certo: o problema desse mundo são os pais. Nessa meia hora, no entanto, o pai descobre-se gostando daquilo. Gostando muito. "Por que não vim antes?", ele se pergunta. O problema desse mundo são os pais, repete para si, refrão de um poema. Mas ele também cultiva a sua erva, e, antes de escrever este texto, deixa as palavras – que ainda não nasceram – tingirem o espaço invisível entre ele e o filho. Diz apenas: "Foi o melhor chá que o papai já tomou em toda a vida".

Canção

                caminhava pernas fracas pisando
teclas riscando notas na terra a embalar a vida que a esperava uma oitava acima, qualquer

Dança

Corpos transformavam-se em texto, e era um amontoado de signos: compartilhados.

Espera

Meus joelhos tocam o queixo, um feto, daqui a pouco você chega e me embala na prisão úmida do seu ventre impossível.

Maria

Não sem constrangimento, Maria reconhecia: "Meus filhos em primeiro lugar, Deus em segundo, meu marido em terceiro e, no quarto, o amante".

Madalenas

A primeira menina com quem o garoto se deita é sempre um pouco puta. A última mulher de um homem, uma santa.

Jantar Impossível

Convidou o amante para jantar. Em casa. Com o marido. Quando chegou, os homens conversavam na varanda. Maldita ideia! Disparate! Correu para o fogão. À meia distância, espreitava a fumaça dos cigarros e desfazia-se em fumaça na panela. Naquele jantar impossível, os dois a comeriam. Exclusiva e simultaneamente.

Negativo

Ele se perfuma, despenteia-se cuidadosamente, chupa bala. Quando vai entender que eu quero cheiro de pele, cabelos rebeldes, gosto de saliva?

Diálogo

"Você não é de verdade", ela me disse com dentes de quem faz elogio, e não sabia que me acertava no pior defeito. Sorri de volta, com olhos de quem agradece.

Sobressalto

Arma em punho:
– É um assalto!
O assaltado:
– Pra você tanto faz me matar?
– O quê? – o ladrão afasta o braço, aproxima o rosto.
– É que eu quero me matar, mas não tenho coragem.
O ladrão não ouviu até o fim. Correu, com medo.

Perdão

No primeiro dia trouxe flores. No segundo, entrou dançando. E, no terceiro, a carranca era memória.

Rastros

Seus olhos me banhavam
de afeto
e deixavam no meu corpo um perfume
de terra molhada.

Ponto Final

Ela é exclamação; ele, interrogação.

Links do Passado

Ela aparece no meu perfil e dispara: "Te conheço de pequeno, te peguei no colo, e vê só o homem que és...". O rosto na foto é familiar, o nome ainda mais; eu viro um gole do uísque. No outro lado da sala, minha mulher está inquieta – o que será que se passa atrás daquela tela? Coitada, mal sabe que o meu pensamento repousa em tela muito mais antiga. Bato o copo na mesa com força, pedras de gelo tilintam. Minha mulher cruza as pernas, e eu sei que me deseja. Mas não posso. Não agora. Não ainda. Desço o pensamento à tela, aceito a solicitação de amizade e clico nos links do meu passado.

VOLTADO PARA

Cara e Coroa

Há apenas duas coisas que, no espelho, nada refletem: a verdade e a mentira.

Fábula da Fome e da Angústia

Muito tempo atrás, a angústia e a fome sentaram para conversar a fim de decidir qual delas era a mais devastadora. "Eu causo angústia", disse a fome, com autoridade. "E eu acabo com a fome", respondeu triunfante a angústia. Há quem diga que até hoje as duas brigam, como a cobra que come o próprio rabo, pelo título de mais devastadora.

Balança

Vivêssemos em uma sociedade verdadeiramente justa, a punição para o crime de tentativa de suicídio seria a pena de morte.

Liberdade Situada

Toda janela liberta para uma nova prisão.

Ato Falho Contemporâneo

Curtir (sem querer) o próprio status.

Conselho

Jamais acredite na moça mais falante da cidade, acredite sempre na mais falada.

Sinédoque

Repara mais nas mãos das pessoas. Elas dizem muito do mundo à tua volta.

Coração

O de algumas pessoas bombeia merda.

Imprevisto

E quando, depois da tempestade, a bonança não vem?

Ciclo

O amor nasce, se alimenta e padece de vestígios das coisas.

Fidelidade

Às vezes é o coração que trai a carne.

Recalque

Todo escritor é feito das palavras que esquece.

Contra-Arma

A palavra é fratura; traumatiza.

Psicoliteratura

Psicose é poesia, neurose é prosa. (O resto é perversão.)

Brasa

Escrever esquenta. Ponto.

Recepção

Todo livro é, em certo sentido, uma cadeira vazia.

Foto

Grafia da saudade.

Futuro do Pretérito

O único destino àquele que viaja.

Fluxo

A memória morre, se desenvolve e nasce.

Fronteira

A fronteira "amar demais – amar de menos" é uma linha tênue, um rio delicado, quase invisível. Chama-se vida.

A TERRA

Lavoura

Os pés na terra revolviam-lhe a letra.

Monólogo

Beatriz não havia nascido ainda. Não nasceria nunca. Mas já conversava comigo como se fosse gente grande.

Desejo

Tema da redação: "Quando eu crescer". Com onze anos e uma linha, Violeta escreveu: "Quando eu crescer, quero ser infeliz".

Pacto

1.
Na cortina molhada pelo poente, um vulto. "Mãezinha", ele diz. Mas é a madrasta quem chega, chinela em punho: pancadas marcam a miragem.

2.
As surras passaram a cinta, vara, relho. Apaixonou-se pela madrasta. Selou um pacto com a culpa e o castigo.

Saudade

O menino não entendia por que era a última vez que veria a mãe. Ainda hoje, a mosca refaz o caminho do terço nos dedos, assombrando-o e matando-lhe um pouco a saudade.

Vazio

O menino, no canto da sala, parecia no castigo. A professora, giz em punho: "É saudade dos pais". Errou. O menino era a saudade do sonho.

Prole

O primeiro nasceu com a marca da esperança: desejo. O segundo, com a marca da tristeza: vício. O terceiro não vingou: aborto.

Carnaval

Nasceu sábado, cresceu domingo, sofreu segunda, chorou terça. Foi cremado, na quarta.

Diagnóstico

8 anos, maligno, terminal. Brincava feliz da vida enquanto a mãe morria, de repente, aos poucos.

Masoquista

— Sofro sempre que tenho prazer.
— Então você é feliz.
— Eu? Não fala uma coisa dessas, moço...

Namoro

Ela mora de aluguel; ele vive de favor.

Casamento

Transavam silêncios.

Lápide

"Você não entendeu nada"– era o bordão dele. Quando, na faculdade, tomei a iniciativa de lhe pedir em namoro, ele veio com esse "você não entendeu nada". Depois, ao lhe encorajar a me pedir em casamento, "mas você não entendeu nada...". Lembro-me como se fosse hoje da manhã em que, insegura, lhe contei (era uma declaração) que já devia ter descido há pelo menos uma semana. "Você não entendeu nada..." Jamais encontrei resposta para isso, ele sempre me ganhou assim. Hoje eu me arrasto, dia sim dia não, para lhe trazer flores. Acaricio a lápide como sempre fiz com o rosto do nosso filho. Que descansa embaixo dele. "Você não entendeu nada", leio em relevo sobre a pedra fria. Olhe, custou-me compreender que era de si mesmo que falava. Uma vida. Custou-me um filho morto. Custou-me ler, dia sim dia não, o seu bordão. Eu acaricio a lápide, o rosto do meu filho. E volto para o dia não, com o pensamento no dia sim.

Jogo da Velha

Na disputa com a vida, deu velha.

Suicida Arrependido

— Morrer (também) dói.

Forro do Céu

Despiu-se dos panos velhos. Ficou estranha aos olhos dos outros, mentira de si mesma. Neste exato momento, ela está encolhida num canto, chorando o fato de todas as coisas só poderem ser na mentira, via submersa. Eu preciso tocá-la para que note a minha presença. Digo: "Estou aqui para cuidar de você, mas não posso fazer isso sozinho". Você acredita que uma lágrima rebentou de seus olhos? Ato contínuo, ela me abraçou num sussurro, "Obrigada", e vestida do meu corpo convidou-me para tomar um vinho em sua casa. "Onde fica a sua casa?", perguntei. "Já estamos nela", respondeu, antes de, não sei se fragilizada ou triunfante, arrematar: "Bem-vindo ao forro do céu".

Bilhete

Quando acordou, havia na metade vazia da cama um bilhete: "Tenho outro".

Édipo

Só iria se tornar homem quando o pai morresse. Sem recursos para matá-lo (na fantasia), comprou um revólver. Suicidou-se, sem carta.

Outro Momento

"Eu, você, quem sabe num outro momento", ela disse resignada, alheia ao fato de que "num outro momento" jamais haveria "eu, você...".

Instante Invisível

Ela é uma jovem empreendedora. Bem sucedida. Ele não trabalha menos. Talvez mais. Os dois correm. Sexta-Feira ensolarada. Ela conseguiu sair mais cedo do escritório; trabalharia sábado, faria aniversário domingo. Ele corre com a cabeça no aniversário do filho; precisa fazer mais três entregas para pagar a festinha, humilde mas colorida. Ela cheira a gasolina, disse uma colega no escritório. Um perfume que usa desde a adolescência. Ele cheira a gasolina, diz sua mulher todas as noites. Gasolina da moto. Ela precisava fazer exercícios, corre de volta para casa. Cruzamento. Em um encontro sem culpados, os dois selam a união. Vencem o tempo, juntos, eternizados no instante que ninguém (nunca) vê. De fora, lamentam a fatalidade. Alguns, mais sensíveis, choram. Coitados. Não sabem que os infelizes são eles próprios. Nós todos.

Noves Fora Zero

Uns esperam um milagre; outros, um enfarte.

Prece

"Deus me ajude a quebrar esse filho da puta", ele disse, e beijou o crucifixo antes de checar se o soco inglês estava no bolso.

Avesso

Passou a vida a esperar pelo surto...
$\qquad\qquad\qquad\qquad$ que nunca veio.

Juca

— Sabe o Juca?
— Quê?
— Câncer.
— Ai... Próstata?
— Mama.

Desconcerto de Mundo
Pós-Drummondiano

Na academia penso no bar,
no bar penso na academia.

Voyeur

Primeiro o xampu da vizinha. Depois o bife da vizinha. Mas o coração da vizinha, que é bom, não atravessa a janela.

Ejaculação Precoce

Com todo o fim de semana pela frente, foi gozar justo na sexta-feira.

T.O.C.

Querendo melhorar, voltou e estragou tudo.

Resignação

Quando, depois de tanto procurar pela saída do lado de fora, o sujeito olha para dentro e resmunga: "Fodeu".

Antevisão

Sempre acreditou que morreria cedo. Um AVC, aos 26, o impediu de saber que estava certo.

Renascido

.

Até a linha amarela, só até a linha amarela, pensa Renato, cabeça baixa, os olhos fixos na quadra. Deixa para trás a mãe, a auxiliar de ensino, o segurança e o pai, que ficou no carro, o motor ligado, a família cheirando a pasta de dente de depois do almoço, o noticiário esportivo ainda fresco na memória. Não compreende o que sente, sabe apenas que é ruim. Cruza a linha amarela, a primeira marcação da quadra após o portão da escola, e promete que agora vai só até a azul sem olhar para trás, a linha azul. A promessa, no entanto, sai fraca e, quando se vira, seu corpo franzino de sete anos já tomou impulso para sair em disparada, avançar com força para o lugar de onde veio. Desvencilha-se da auxiliar, vê o corpo da mãe prestes a entrar no carro, o pai ao volante, o motor ligado e, súbito, as mãos ásperas do segurança o contêm. Tem apenas sete anos, mas consegue assistir à cena no momento mesmo em que ela ocorre. Tem apenas sete anos, mas sente pena do que vê. Tem apenas sete anos, mas sabe que não importa o que ocorrerá em seguida: se a mãe irá entrar no carro ou voltará para acolher o filho, se o pai irá desligar o motor ou arrancará indiferente, se a auxiliar irá tentar acalmá-los ou chamará a orientadora, se o menino irá se importar com os olhos assustados dos colegas ou os mandará às favas. Não importa. Renato chora porque não consegue desatar-se do nó de sete anos que irá sempre puxá-lo de volta, que não o deixará cruzar a linha azul, a vermelha, a segunda linha amarela, a linha de fundo. A cabeça pesada de sete anos não compreende o que sente, mas sabe que tudo o que consegue é correr de volta para a entrada, para o começo, refazer o primeiro caminho: Renato chora porque renasce. Então, os ponteiros cumprem às avessas o seu curso, e uma vez mais o menino corre com força de volta, funde-se consigo mesmo, morre mais um pouco de novo. O choro estanca.

Ponteiro

Às vezes o passado. Às vezes, o passado. Às vezes o, passado.

Matizes

A vida é em camadas.

Ida

O medo de que o outro se apaixone como lembrança
                              encobridora de]
se apaixonar como lembrança encobridora
de amar a si mesmo sobre todas as coisas como
lembrança encobridora do desejo de
morrer.

Sobre o Autor

Renato Tardivo nasceu em São Paulo, onde vive. É escritor, psicanalista e professor universitário. Graduado em Psicologia pela USP, é doutor e mestre em Psicologia Social por esta Universidade. É crítico de literatura e de cinema e autor dos livros de contos *Do Avesso* (Com-Arte/USP) e *Silente* (7 Letras), além do ensaio *Porvir Que Vem Antes de Tudo – Literatura e Cinema em* Lavoura Arcaica (Ateliê Editorial/Fapesp).

Sobre a Ilustradora

A paulistana Anna Anjos nasceu em 1985. É ilustradora, artista visual e designer graduada pela Belas Artes de São Paulo. Atua para cenografia, publicidade, editorial, cinema, moda e embalagem. Misturando formas estilizadas, Anna extrai elementos do ludismo presentes nas culturas brasileira e africana, suas principais inspirações, para incorporá-los em sua realidade de criação.

Título	*Girassol Voltado para a Terra*
Autor	Renato Tardivo
Editor	Plinio Martins Filho
Produção editorial	Aline Sato
Ilustrações	Anna Anjos
Capa	Ateliê Editorial (projeto gráfico)
	Anna Anjos (detalhe da ilustração)
Editoração eletrônica	Camyle Cosentino
Formato	14 x 21 cm
Tipologia	Bembo
Papel	Pólen Soft 80 g/m² (miolo)
Número de páginas	104
Impressão do miolo	Forma Certa
Impressão da capa	Nova Impress
Acabamento	Kadoshi Acabamentos Gráficos